歌集

白い箱

正岡豊

現代短歌社

白い箱

正岡豊歌集

目次

I

II

III

装幀　花山周子

I

雷魚

春のない世界はなくてひとびとにしろがねのハモニカの午後の陽

あしたあなたのまっしろな小骨になって越えたい木津川や宇治川を

鹿はもう撃たれて猪は食われ山小屋のけむりのうすみどり

その音がもうすでに春なのだから食卓にこざかなはいらない

一文の価値もなきわが脳髄にひかりをあてて皿にもりたい

クローンなのでちちははもあにいもうとも水星の匂いもしりません

大好きなひとがダム湖にしずむのは雷魚がおよぐよりもさみしい

笹かまぼこや枝付きのトマトとともに心臓破りの坂をこえたい

みたこともないのにぼくの心臓のいろのゆうべの天の橋立
自転車でうつくしいその一瓶の酒のまわりをめぐりつづけよ

うつくしくなれないことも

たまには人を自由にするためだけに降る蛤色の小雨が欲しい

なでしこをなでしこと呼び今日までの性交の回数を数える

それはもう、ううん、それももうと言いなさいな　ジュラ紀で鳴る黒電話

そこからは空の匂いや味がして黙って両足は水を掻いて

恋人がクリームパピロの缶入りを開けたのでハナミズキが咲いた

遠巻きで見守られたるかなしみのいま戦慄の日付スタンプ

くだかれた孤独の城に日露大戦争の数々の死体が

もうすぐだ十時三十八分だあと一分でぼくは気体だ

「君の死が」「暗い告知」であったのは昨日のこと箱庭のこと

子供たちがさわぐので殺してしまいました　わたしたちはうるさかったのです、と政府

短歌、酸欠、短歌、酸欠、短歌、酸欠、短歌、酸欠

わたしたちは虹の機械だった　喜びながら喜ぶ虹の機械だった　朝まで

液。駅？　役・・・なつかしくなつかしくなつかしく乳首を吸った

ねえ、だめなものはどこまでいってもだめだからこの肋骨のなかで生きてね

うつくしくなれないこともあるでしょう　ソ・フ・ラ・ン　ニ・ユ・ー・ビ・ー・ズ　ア・タ・ッ・ク　ト・ッ・プ

（ひとりだったの）（いいえひとりじゃなかったの）（ひとりだったの）（谷間の旅人）

くらがりできみがわたしの顔をみた　機械と機械がたたかっていた

お坊さんを見ました　お豆腐やさんも見ました　おまわりさんも見ました　かつて
きみのはだかが輝かないくらいランプだったことをきみは知っていたか
うまくいかなくても楽しかったから　おぼえているのだ後鳥羽上皇も

天窓と地下室が抱き合ったので怒って猫は出ていきました

おぼえているのはお風呂の匂い　ブルーの下着　いえ、もう何もおぼえていません

それでもね「起こったこと」があのビルの影を出てゆくとき笑ったわ

おぼえているから生きていけたりするわけじゃないわ　木肌を這う残り蟬

「楽しかった」は魔法のことば　まだ星も生まれてなかったころからそうだ

たまご饅頭をいつもくれるひとがいます　会津ポテトをくれるひとはもういません　もう

モーニングサービスだからってメロンまで　あれは尾道の旅先のこと

細胞のひとつひとつに食べさせるあなたが焼いただし巻き玉子

かみさまが「短歌で嘘はだめです」と言いに来て川に雨を降らせた

川に降る雨はあなただ　そしてまたきみだ　カエルは自転車に乗り　去る

アマポーラ

蠟燭の灯が消えるのも命の火が消えるのもカーネーションは気づかず揺れる

北斗七星　六つまで見つけられたのにそこまでで失明したような日々

ちぎられた風切羽根を賀茂川であなたは僕につける仕草を

かがやく時を待つ石があるってことを数式を解きながら思った

読む時間　書く時間　会えない時間　空にソラマメ　海にはビオラ

韻律がぼくを忘れた夕暮れにきみはわらびもちぶらさげてくる

アマポーラ　生きてる時も死ぬ時もクロッカスが咲く時も地球の自転が止まる時も

アマポーラ　咲くだけ咲いたひなげしがきみのスカートの中で笑った

アマポーラ　何度ぼくらがキスしてもエホバの甕から水はこぼれて
アマポーラ　もうこれ以上愛せないという場所までいってきたユビュ王に
アマポーラ　そらいろをしたくちびるがそこで戦う岩館真理子

眠りのなかで見えるものから順番に聖書・にわとり・正岡子規の死

広い河原がみえたからって　はだかになったからって　梨の味の点滴

ぼくらが明日海に出たとしても王宮の喫茶室では黒い紅茶が

秋雨の中で

秋雨の中でメールを打つ指に天がたらしてくる辛子色

そのことがわからなかったぼくにさえ霧のピアノは弾くロッシーニ

きみの住む耳の都を遠ざかる列車の通りすがりの汽笛

７５センチ　この世のものとも思えない仕草であなたがあやまった距離

誰にでもそれはあるかも知れないが星の匂いのレールモントフ

本当だ本当だ本当なのだクチナシなのだ夕顔なのだ

ねえ、笑おう、詩学大全２１０頁で巻いたタバコをくわえ

ミツバチはささやいたりはしないから鎖骨の海で泳がす人魚

「愛だ」「嘘」「愛だってば」「嘘だって」「ほら」「え」「ほら」「あ」月の光が
きみがまた夢をみているうちに書く歌の香りのキリマンジャロを

月

そこにいてそこにいないで月光を掬いそこねた手が握れない

パラボラに集められても月光はひとびとをばらばらにするばかり

かまきりの眼に月光は差し込んでてらすよぼくのアポロ計画

ウィリアム・ホープ・ホジスン開いては泣く寸前の望月のカフェ

マーベルのヒーロー映画の新作も見ないで月光峠を越える

月光のかたまりに歯をガリとたてかなしきものに水谷豊

ユニクロに誰にもさわれない月の模様のシャツがあってもいいね

それはもういつでも「五分の無理」をして月も見えない野を歩むのだ

おまえのなかの救急箱にこのぼくを入れてくれ月にみつかる前に

屋上の月がこんなに小さくてなにを歌えばいいのでしょうね

月光に触れることなく生きるのも愉悦というかシロシタガレイ

ゆく秋のかもめの国を飛び抜ける盲目の月片肺の鷹

月面ニアラヌ地上ノ灼熱ノ草ノ葉裏ノショウリョウバッタ

砂漠・月・移動スルマボロシノ沼・選挙ハガキト膝ノ瘡蓋

巨人ノ月ハ沈没船ノ丸窓ヲテラセリソノ奥ノ映写技師

一年で解散スタートアップ後の企業と松江空港の月

白い箱

小さな教会で、保育園で、雨が降っていなくて、小指だけつないで
星がひいたおみくじのなかにウスバカゲロウの羽根で出来たのが二枚

白いコンクリートの柱に緑のカマキリがいたぼくは携帯で彼女と話した

先頭にシロナガスクジラ一頭をおいてこのパレードは朝の中をゆく

観覧車の見える朝、キンセンカが生える夜、滅ぶよ、僕の定家蔓も

女の子だけが女の子じゃないとぼくは思ったけどそれは関取には何の関係もなかった

白い箱の中から男の子の声がして、騎兵隊のような秋の雲がゆく

恋の冬

中世の恋の虚構の修辞にもはつゆきという恩寵はある

これからは雪にまみれて抱きあうこともあるかも　黄のプラタナス

ことばはぼくのすべてじゃないが冬のバスからのメールは紅い椿だ

恋は葡萄でアルデバランで闇討ちでハロゲン・ヒーターで浜の焚火で

愛はときにはさんま定食　むらさきのひかりに浮かぶきみの横顔

夏と秋と冬のトリオのそれぞれがきみにはこんでくる白ワイン

踊ったりからだの色を変えたりといそがしい雄たちとマドンナ

たとえば火星が木星に恋をしたのなら　いきなり泳ぎだすオウム貝

コッペリア　ティアラ　カチューシャ　チュチュ　ドレス　シューズ　砂漠に咲く赤い花

夕闇が街抱きしめて街はまた神の猟犬に追われる夢を

考える海があるならそこへ行き胸張り立てよ小林秀雄

散歩道子供のように手をつなぎゆけばひかりの冬のまぶしさ

抒情して叙事して今日はそう高くない薔薇色のメルシャン・ワイン

恋はまだ恋で九州新幹線開通の春を飛べ、かいつぶり

十二月こんなに椿咲くことがこわくて天がひび割れるとは

観光の人力車には違いないされどあの弾傷のまぼろし

きみにまたそれをさせねばならぬことその人にまた塩が浮くこと

寒い国から来たアイロン

夕風がひとに力を抜くことを求めて洗濯物をまたいだ

海亀の涙なんかはみたことがないのになんでフレンチ・トースト

冬の日のポーク・ピカタの塩味の彼方にきみの巻スカートが

十二月特急券を買ったならさあ、乗ろう　韻律のA列車

しあわせはいつでも少しだけ寒く少し暖かな冬のアイロン

空に居て海には居ないかなしみの言葉の雪に舞う緑蜘蛛

「きれいごと！」とビジネスホンがささやいて事務所のポットの湯が沸きました

ちいさいひとへの挨拶

月はわが街の記憶のうたかたの細部をてらしうちしずみゆく

ひかるものぼくの頭上にしゃんしゃんと鈴鳴らし神は陣地を去りぬ

ゆきぐもと財布のなかの七千円それも悲しき風吹く河原

ノーマルなこころでいてほしかったのに常にひかりを探す凍蝶

チョウたちの時間空間厳寒の山よぼくらのくらしに眠れ

幸福な王はその死後マスカット色の黄泉へ の道で泣き出す

わが腕は汝をおぼえて年の瀬の流水のごとき時間に放つ

きみがいてジャスコで買った羽根布団あって深山の馬頭観音

ワイン飲むあなた十一面観音ぼく見るときの冬のほほえみ

洗濯機の上の突っ張り棒にきょう二枚のバスタオルの天の河

観音に会い何話す十二月ふしあわせにもしあわせはある

冬の陽とあなたとマリア観音がうつくしくわが内でかさなる

水に棲む音楽好きの昆虫のように布団にくるまるあなた

わたくしという液体ときみという気体がまざりあう冬の家

わたくしという抽象をてのひらで掬って iPhone に入れている

「現実」のＤＮＡはかぼそくて力強くてきれいな木霊

冬帝の白葱、白菜、榎茸、たぶん今夜もネス湖は霧だ

びんづめのもみじおろしは叔母さんで食卓の上で関西弁を

黒眼鏡かけてほほえむゴダールのような真冬のカセット・コンロ

湯の中で踊る一枚のだしこぶは明るい独身の叔父さんである

II

京都八景

春はさむくて未来はいつも空中にあったりしないから　だからいい

赤い階段のぼるこころは落ち着かずそれより苦いさくらのつぼみ

わすれてはいないけれどもいつまでも金魚が食べずに残してる餌

木屋町の夜が冷やした耳だからとうもろこしのように黄色い

こころはそりゃあレンタルは出来ないでしょう　着物で歩く四条烏丸

良く出来た茶筒やパンをうまく焼く金網や山に追われた鬼や

洛南を過ぎて洛中　死なないでいることがこんなにあたたかい

どうにかしてあなたを勇気づけたいと祇園会のミニチュアの山鉾

真の寺

春の夜のくもるとおもえねばいまもこころの奥で飯をこぼせり

牛のことあるいは兎のことなどを耳にくちよせ語りてくれぬ

群青の春の夜空をかなしめば誰か銀の弾丸を込めいん

雪渓はいまここにこの花もなき桜の下のわれののみどに

天平の木や石に祈りはこもり春の胞子を生みはべるらん

ときみずきこの世にしかとひらくこと告げるかにその僧侶は登る

石段の屋根を焦がすかアンタレスよりもわがたましいは赤いか

二月堂その瞬間はあたたかく欄干にかけられしたいまつ

森のひかりのひとつひとつは声もなく死ぬ草虫の恋のかけら

おもき火におもからぬ雪降りかかり春夜の空の御蓋のみどり

冬の日の教育勅語の奉拝を拒否した内村鑑三となれ

かますごを夕飯に食うわれならん梅花ただよう御寺をあとに

生き物をひかりのなかに置くことがさびしいのです電子オルガン

はるかぜはきみをＤＶＤよりもうすうすとこの路地を抜けさす

イスラエル料理店ならこの奥でぼくはミシンのボビンの中で

おおぞらを「逃げる機械」であるごとく雪雲去るはなにごとならむ

薬師寺の伽藍が切り取りそこねたる春空間をたもてばふたり

かりくらし珈琲店に休むこと絵本に走りまわる野ねずみ

パスタぱらりと緑の鍋にひろげおとし狐料理のごときを食わす

道の辺に起き臥し靡く単行の猿とわたしの三十一音

そらは和楽器　くらき二塔の堂内を精神移動する像よ在れ

恋は
四月のくす玉
恋は
かぜいろのみずすまし
恋は

谷間にきらりと山法師の背中
恋は
兎児傘、狐の牡丹

満天を雪群れてななめに飛べばあの一片は加舎白雄だね

三月のかききえてゆく雲中にＭＰ３でぼくを残そう

四白集

桜には桜の時間があるようにふるまうがそれは夢に過ぎない

かたわらに妻がさしたる芍薬の大輪がありり災厄がありり

「個」は「類」を越えずに生きて芍薬は赤くてかすか油のしめり

西行は　慈円は　私は下京よりさらに南で聞く鷺の声

京のはるかぜ森でささやくさるおがせペットボトルの中の潮風

「お茶屋へも行かないように」と会見で門川市長が宣う四月

妖怪はいて怪獣はいなかった　帽子を脱いで沼を見ていた

在りし日の魑魅魍魎と星雲と油菜の群咲く川べりと

人の死はこころの死なの？　腎臓はてのひらのごと左右にありて

神様は民に人工呼吸器を与えて天狼星にゆきしや

マクドナルドのビッグブレックファーストの卵の黄色が魔法のようだ

やがてどこかで滞るこの物流を季節外れのサンタが見てる

「楽するためならどんな苦労も厭わない」矛盾が創り出したシステム

どこへでも自由にいけたそんな日が乳白色の過去になったね

私はグーグル・アシスタントじゃないけれど蠍座ぐらい見せてあげるわ

巻貝を何個もひろっていらっしゃい　それがわたしのやさしさだから

電源を落としたスマートフォンだけが繫がるサイトで待っててあげる

通りゃんせ　お札をおさめに参ったらこわがらず街を歩けるかしら

上京の桜を散らす雨風のわがまぼろしの八岐大蛇

声明

書くことがついに昨日の三日月に届く　クジラがはねる海原

あの夏の拾い損ねたおはじきがためてるはずの葉擦れのひかり

神はいて雨垂れとなり軒下の何の変哲もない石畳をえぐる

こころとは見えぬ虚空の水仙の夏の没日に逃げ惑う蝶

桜には桜の王がいるという嘘を子どもについちゃいけない

音韻にまみれしころの身体は山桃だった盲目だった

樹はつねに水をその身にはしらせてなつの死霊をみまもるという

紀の川は身をまふたつに裂かれたる罪人のごとき支流を持つや

歌は石でも雲でもなくて校庭のすみれの空を刺すのぼり棒

からだからしみでる雨のかなしさをあなたに告げた葉桜の下

六月の雨にも色があることを話せばホテイアオイがうごく

欲望の『よだかの星』をきんいろのゆうべのあかりに読み聞かせたい

あなたいま声明を口にしていたわ　ルリボシカミキリだけ見ていたわ

花水木　お前にこころがあるのなら食われた鰈の稚魚のために泣け

写真にはうつらぬ夏が道側の窓からぼくらをすり抜け庭へ

植物園

六月の遊星色のあじさいがひかりをのみこんでるよ、たぶんね
きみの傷、私の病、降る雨にうたれて淡きヤゴの抜け殻

さなぎとはならざるままの変態と世界大戦以降の地上

陽はねむり血は横たわる六月を海をわたってゆく自衛隊

きみよりの言葉の雨か　はつなつの木の花はみずみずしくひらき

水の輪は虹、声の輪は群青の夏の虚空を縫う糸とんぼ

はつなつの水の地獄へさわやかにきみは卵を産まねばならぬ

やがてくる雨季のフランス扉かな　樹皮を急いで降りてくる蟻

あまみずは甘くはないがひるすぎの小窓を子供のごとくにたたく

樹を縦に裂くいかずちのまぼろしを夢より伝え来よ恋人よ

六月の森の交響楽曲の一音として落ちるヤマモモ

静かな森をいつまでも静かなままでいさせよとツヅレサセコオロギ

天道を牛車牽かれてゆく夏のわれらのまぶたのうちなるみどり

いちはつの根で煮たタオルわたされる夏のひかりのようなくらしを

虹の口語　詩のリアス式海岸の波打ち際でわたす　あなたに

愛妻とアサギマダラ

いこうかねそろそろ　水と夏だけを運ぶ外輪船の乗り場へ

竜胆の花のあおむらさき色がひきのばされた梅雨明けだった

まるまったアサギマダラの幼虫よ　年ごとに増える二人の食器

準決勝準々決勝ひだまりに野球部員の座りこむ夏

リクガメの歩く速度で毎日をゆけばキャベツの畑が笑う

山海にこの姿では通れないかがやく蝶の道あるという

京都タワーを蝶がはばたきすぎてゆく夢にふくらむ飼育器の夏

七月三日

七月は雨ばかり金属片は溶けずに有毒の塊へと変わる

ピアノ弾きの友はしずかに緋の布をめくるのだろう驟雨のころに

わたしはその絆というのが苦手でね黙って刈られている理髪店

給付金は七月三日に口座へとするりと尻から飛び込んでいた

国には国の理屈その他があるだろう癌検診の回覧の紙

東京で投票をした人の数の雨粒を白い傘で受けたい

わたしはいまでもほんとうにあなたが好きと撫子にいいたいだけなのだ

山裾の夜のあかりが瞬いてあの人とはzoomでも会えない

マンションの花壇に夏芙蓉が咲いて植えた誰かは知らないままだ

蟬が鳴く　とはいうけれどあれはただ心の声洩らしてるだけかも

なつごろもなのよと蟬にいわれたらだまってうなずいてしまうかも

鴨川のまみずはながれながれゆきあわだちみがまえ桂川へと

包丁も研がなきゃ切れなくなるわねえあまみずも地に落ちればみずね

また本の特集の雑誌を買って小さな教会の前をゆく

四季咲きのベランダのその黄薔薇にはカメラにはうつらない光が

国と繋がる書類金銭パスワード　弘法市もない東寺道

わたしはあなたと別につながりたくはない　弁当箱につめる白飯

飼っている魚に餌やるようなものかそうではないのだと思いたい

なぜ「勝つ」ということはこうこんなにもおおごとなのだろうね、向日葵

信号の赤青黄色は日本語ね　あなたは危険な人じゃないわね

『金子兜太戦後俳句日記』にちらと出て二度は出て来ぬ島田修二

近江行

おびただしき名歌名句につつまれて雨の近江が生きてここにある

雨風に私も妻もたたられて「百名山」のひとつをクリア

伊吹山　重装備の登山の人とすれ違うコンビニにでも行くような妻

数メートル先が見えない　わが生のようだとは少しも思わない

山蛍袋《やまほたるぶくろ》の淡さうつむいて咲く花々は短調の曲

九蓋草《くがいそう》ゆらゆらとまたふわふわと風も涙も受け流し立つ

傘がばさっと裏返ってもきゃあきゃあと喜ぶ妻といるということ

山頂まであと160メートルと標識は謎の人のように告げる

このぶ厚い雨雲の上の七月の太陽に言う、山頂に来た

山頂のヤマトタケルの像の前　白鳥も何もあったものでない

「今年なりの夏のたのしみ」ああそれはあるかも例えば水を飲むこと

開いていた山の食堂に逃げ込めば武骨な外国人登山客

バックパックを詰めなおしてた短パンのあんた修羅場を知ってなさるね

伊吹山登頂証明手拭いの二輪の伊吹風露《いぶきふうろ》　桃色

薬草アイスとよもぎアイスを食べくらべさよなら伊吹の山の坊さん

近江牛　（ここは岐阜だが）　薄切りの縹の色のいきものの肉

「東軍」と「西軍」というカテゴリに戸惑い勝ちに遊ばせる箸

おちこちに死者は埋もれているものの妻は冷房の調整をする

八人乗りの箱館山のゴンドラにひとりふたりとコロナ禍のため

ゴンドラの上がる角度とすばやさとツノジカの眼とけものの匂い

細胞膜はあっても細胞壁はないわたしとあなたでのぼるやまなみ

琵琶湖が　見えてくる　かなかなの　鳴く声の　交響を背後に

かぜのおとにぞおどろかれぬる風鈴がふくみわらいのように響いた

ひとは動いてこそひとなのかどうなのか永遠に小学生ののび太

ほんとうにみんな他人の栄光が好きで整形外科医のくしゃみ

シカの絵を描くだけで名和晃平とわからせる会田誠の技術

ものがみなお金に替わる言の葉の蛍のあまい水にがい水

両替の棒金よりも重くあれ「努力」が私にあたえるものは

わたしはたしかにそこにはたどりつけないがかき氷に載せてるさくらんぼ

腰痛に地を這う虫たちのように動けばトルコ桔梗は　揺れる

トイレへと自力で「行ける」「行けない」がわかれ目の異次元を覗く家

大山崎山荘

山荘は雨ならねどもおそなつのオーボエのごときひかりの中に
しずみうく真鯉の尾鰭　この国のよしなしごとを左右にはらえ

八月の樹々のくらさにががんぼは村上鬼城のごとく迷うか

山荘は洗いあげたる硯にも似てやわらかにひかりをはねる

ひとりはしずかふたりはふるさとのにおいさんにんはさざんかのくらやみ

コーヒー・ミルできみの記憶を挽くためにがりがりとハンドルをまわした

シリアから運ばれて来た石像の男の座り方のゆかしさ

それでもほら真夏をかけぬけた馬車が遠ざかりゆく音は聞こえる

体操着の少女が空へジャンプしてそのまま消える夏の山荘

晴天からいと博識な淡水魚　池へと降りる夏の山荘

台湾へゆく飛行機の残像か天ゆく虎か夏の山荘

スペースシャトルの白雲がまだあるうちは歌の力を信じていいよ

四、五分の雨で出来たる水たまりの底の松葉がわたしの愛だ

ナツハゼによりかかるかな全身を全霊と化す言葉のみそぎ

まがなしきみずのけむりの小雨きて忘れねばこそネバーランドよ

重陽

重陽の曇り日のそらわたりゆく武装音楽隊が若しあるならば

軽い言葉をはじきとばした中指の爪の傷みに驚くゆうべ

わたしではないひとたちで出来上がる海上の城の兵の足音

人衆疾疫他国侵逼《にんしゅしつえきたこくしんぴつ》この冬の水を抜かれた廣澤の池

月こそふりね闇こそふりね廣澤の池水に黄のビニール袋

空中で鳥は死ねない廣澤の池の地蔵の裏のくらがり

終わった恋はどこか馬蹄形磁石の曲がった赤い部分に似てた

あなたはたくさんいてわたくしはひとりだけ火を吐く獣はどこにもいない

夏神はさびしき神と思うまで眼鏡よりしたたるみずしずく

それで言葉に勝ったつもりかわたしよりほそくて銀色の避雷針

重陽の形見とおもえ蝸牛の殻のしずくに宿る稲妻

十月の墓参

ちいさめの赤と白とのコンバイン動いて止まる田の秋である

ぼくたちがぼくたちのお金を払いぼくたちのお昼ごはんを食べる

大仏殿前でオオクワガタムシが尼に踏まれたなどという嘘

午後二時のぼくらがおりたあとのバス二人の老婆のしゃべる宇宙だ

歌は決してカプセル怪獣ではないが弱かったミクラスとウィンダム

ああここに宝蔵院流槍術の始祖の墓ありと看板しめす

さっきまでついさっきまで息してたけど今は死体だ

看護婦の女の人が胸に乗り圧迫してたがそれは死体だ

返事することもないよね飲み物を欲しがることも二度とないよね

「返事がないただのしかばねのようだ」そうだよただの父の死体だ

ながかった介護だったな秀吉の黄金の茶室みたいだったな

「比喩としては失敗してる」と今思ったきみの感想はとても正しい

オリンパス・ペンを肩がけしてるのが父さん私の妻なのですよ

「一聖地」「二霊位」というかぞえかた　やわらかいカステラが食べたい

みどり色のかまきりがからだを揺らし道路横断する奈良の秋

みすずかる藤原四家藤袴　てっぺんで咲く花はやさしい

かぜききぐさ

荻はすなわちかぜききぐさよほうき星みたいに自転車で妻がゆく

カレンダー売り場でコートを着て立てば偽の宮沢賢治みたいだ

「だいたいさあ、七面鳥を飼ったりさあ、するとこが茂吉はむかつくね」

「梯《かけはし》」「釭《ともしび》」「矴《いしばし》」「鸎《うぐいす》」ひとは文字文字は冬山であそぶ子供

愛妻のラナンキュラスの白色の花弁でいろどられる十二月

最低と最高のその距離感に花つけるためさしのばす枝

Ⅲ

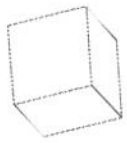

第七書簡

セミクジラみたいな八月の雲を海上に見てわかれたふたり

友達申請　ああそんなことも　欧州で天使はスマホを閉じてねむった

「なげかへば」ものみなパワー・ゲームよね　火星に取り残されたりしても

罪のない羊のようなマーズ・パス・ファインダーをあなたと探したい

声は出ないけれど涙は出ることがたまにある　海亀はうつくしい

伊太利亜に生きながらえて行くことがあるかに開けている赤ワイン

林檎に蜜をくわえてさらに甘くして真っ赤に流れるぼくらの血潮

俎板にトマトをのせて切ることは類的レベルのたのしみがある

時間、自我、反出生主義、さるすべり揺れる病院惑星の夏

リョコウバト絶滅させておきながらあの大陸の呼吸する音

酒と薔薇とスマートフォンの日々を経て白ゴム割れるわが充電器

近畿日本鉄道鳥羽線五十鈴川駅遺失物受付窓口

「半分は女なのにね」「ＤＮＡの直径は２ナノメートルなのにね」

月あかりぼくのこの無知蒙昧をシマリスのように照らしてほしい

特別なあつかいをしてほしいとはチョコアイスには思わないなあ

緑夜縁日わたしがチョウチンアンコウに生まれなかったことの幸い

混ぜられたお好み焼きのもとをいま天にささげてから焼いている

リンチリンチリリンと鳴る三ヵ月無人の町屋の京の風鈴

去年今年そうそう去年今年ってのがさひとなき京都を歩くと浮かぶ

日焼けしたあなたの髪を癒やすための氷河をここに召喚したい

来世はナポレオン・フィッシュがいいと願ったのかね水槽の魚

おろおろとペンギンを追いかけてゆく飼育係と現実にいる

海底の求愛のダンスのようにあなたをゆらすサーキュレーター

茄子の鴫焼小芋の田楽　水売りは落語の中にしかいないけど

俺は結局曲のさなかに指笛を吹き出す尾崎紀世彦なんだ

これでもかこれでもまだわからないのかと明日のわたしに針さす蠍

タイカレーふたりで食べにいくのです　蘭鋳を闇に泳がせたまま

まあ秋がフクロネズミを背に載せておりて来るまでの辛抱ですね

ルシア・ベルリン読んだ？　まだだよ、洗剤を詰め替えるのに忙しくてね

真夜中の「空がほつれる」おぼえてる？　オクラホマミクサーの振付

避妊具の隣の棚の包帯と雪の模様のビールを買った

瑠璃鳥はあの夏もまたこの夏も同じ小枝にとまるのかしら

王の村　ツァールスコエ・セロー

体験はどこにのこるか　ブラウンの革靴に秋の雨が染み込む

十月の森ははだかになる場所じゃないから子熊のようにしゃがもう

曲がるとき置き忘れたるやさしさか　秋の色したまつぼっくりだ

わがままをしてばかりいるからなのかまた靴下の先がやぶれて

からすうりからすうりあの遠足で素焼きにつけたかのうわぐすり

山はやさしい森はかなしい人里は時雨れて小学生の木琴

「とどろける地獄の空」と秋櫻子詠みたるゆえか声も濡れいて

ツァールスコエ・セローはおそらく永遠の夏か　若きアフマートヴァに

うつくしく絵本をひらく人がいた十一月がそこまで来てた

「女子カメラ」最新号を買ってきてあげたのに読んでる北杜夫

プレートランチなんていうけど窓の外坊主が怒りながら通った

オルゴールみたいに白くておっかない大王埼灯台を見にゆかないか

猫のくせに！　メールに絵文字まで入れて！　猫のくせに！　猫のくせに！

トイカメラだけがカメラじゃないけれどプリント粗き大映映画

かけられたゆれる魚板が僕たちで秋のひかりと１１０カメラ

スピノザ・スピノザ

「光は正しい者のために暗黒の中にもあらわれる」旧約聖書　詩篇　第１１２篇

スピノザの一元論のさみしさの栗あんぱんをあたためるかな

秋深むゲーテ・シェリング・ヘーゲルと重たき本はたたき売るべし

海よ、おまえはどうして逃げるのか、ぼくが唐傘よりも醜いからか

ヨルダンよ、おまえはどうしてうしろに導くのか、ビルが砂糖菓子のように崩れたからか

山よ、おまえたちはどうして雄羊のように踊るのか、ボパールでガスが漏れたからか

小山よ、おまえたちはどうして小羊のように踊るのか、チェレンコフ光を浴びたからか

天をおおう夕べのムクドリ　採譜者のわたしにはコンビニのあかりを

あなたの中の冬のルネ・デカルトがいまシチューはまだかと椅子から立った

菜根譚　どこまでもやさしい人にぼくはからだを舐められていた

薬草譚　きみの野蒜があっけなく抜かれたことは誰も知らない

うつくしいネスレのコーヒー・メーカーにほつりと残る夢の指紋よ

光のホテル

ふゆかぜがいなくてはならない人をいられなくした時代があった

人工の犬をあの家から盗みかわりにふくらし粉を置いてこい

脇役になるとかならないとかじゃなくぎゅっと生レモンを絞りたい

ラスト・ダンスは兎とそれも着飾った、暗くて、陽気で、傷だらけのと

わけいってもわけいっても青い山になどならないきみは夏のウクレレ

いつまでも変わらないこころはないの、ないのよ、かみなりうおの雌雄よ

チャイコフスキーのＣＤが鳴り響かない街の写真を撮り続けてた

ロシア語はいつでも少ししめっておいしい紅茶の匂いがしたわ

罪と蜜、ムラサキウニと警官とぼくのからだとそとの冬霧

こわれないでもたもてないたましいの人体はいま光のホテル

神様のｉモード

連邦軍のモビルスーツがきみだったはげしい冬の匂いがしてた

ルパン三世かたむく土星「あの子はねお金のない人は嫌いなのよ」

泣きたいような死んでも泣きたくないようなこころで蛙のおもちゃを選ぶ

いまここでこの菓子パンをこのぼくが食べれば火星に帰れるのかな

だめよまだまだ神様はｉモード　雨に打たれる屑プリンター

編み物の話で盛り上がるときのはしゃぐ海驢のごとき女ら

コバルトはアトムの兄のサボテンをいまゆく馬車の手塚治虫よ

むささびは飛ぶ森がなくなったのでそそくさと油揚げ屋になった

ライオン・ハート　昼飯を食う楽しみと悲しみにリン・ゴンとドア・ベル

ミサイル艦をぼくから取り上げておいていけしゃあしゃあと橇でゆくとは

金融機関に毎日煩わされている　朝顔、真冬におもう朝顔！

わき目も振らずひとを愛していた頃はまだ海だった空港に来た

見るがいい冬の滑走路がいまもはねかえす旅客機の重さを

つきとばしゆさぶり起こそうとしたが起きない甲殻類であった

おお何もなんにもいってないままに耳を過ぎ去る歌の数々

ザイログz80とトライトン・チップセットに寄せる歌

今日までに絶滅をした「種」の数のキスを私にしてくれないか

プレステのうえにあなたが今脱いだ下着がかかる　遠い粉雪

ねえこれは、誰かの物まねなのかしら　校舎につもる初雪かしら

キャラメルが奇跡のようにとけていた　きみのお尻を強くつかんだ

バイリニアフィルタリング　君に取りぼくは紫の秘密の基地か

パースペクティブコレクション　菫より小さな「家」には生まれたくない

アンチエイリアス　こころのディスプレイまた壁紙を変えなきゃだめね

ディザリング　わたしのなかの冬山にあなたをビバークさせろというの

フォグ　長野オリンピックの聖火にもサラマンドラは棲んでるかしら

Ｚバッファ　キャッシュメモリの中でしたくちづけは揮発油のかおりね

二千年がかりの一つの作戦か　ぼくらが歌を書いているのは

かき上げた絵の具を削り取る音にオオハクチョウが着水をする

冬菫にずぶりと銛を突き刺せば狩人は帰れるはずだった

湖の下のさかなの眠りにはわたしの皮膚が溶けているのだ

魚雷艇多く沈めしこの冬の海がそれでも愛撫する浜

留守電にあった　潜ったときにするこぽっこぽこぽこぽっという音

夜の中であなたのなかを手探りで機雷を押して動かすわたし

海草や巨木の枝やモビールや神の卵や葡萄の膣や

ねえ、カイは氷の女王にあったときなぜ春蟬にならなかったの

子供だけが乗れる真冬の汽車がある「音楽」と「火」が争う国に

さかさまのバベルの塔は冬眠のアマガエルを起こさず築かれる

「双子惑星恐怖の遠心宇宙船」　かなしくかさむゲーム機の箱

「銀河英雄伝説」８巻　ひとびとは真冬は神に素直になるか

赤い河の谷間　いくつもいくつものぶくぶくにぼくら取り囲まれて

「あの娘の黄色いリボン」と「真っ赤なスカーフ」をぶくぶくの国で口ずさむのだ

幌馬車の中で犯されかけているあのぶくぶくの娘を救え

愛は灰、このぶくぶくにあらがうな逆らうな急いで口で吸え

あの国で通らなかった法律の【人頭税】なることばの響き

星工場　市会議員を十五人閉じこめて土砂崩れに沈む

蜂工場　シンナー・ボンド・リグロイン赤い荷札が散らばっている

サイボーグ！　サイボーグ！　冬の心臓を一糸まとわぬ君にみている

コンピュートピアはぼくらが昼間みる夢に音楽としてあらわれるのだ

おお、夏が入鋏を忘れられていたこの切符にも来るではないか

はじめての孤立無援に気がついた夏蟬はいたく素直に啼いた

かわせみ

はつなつの風をあつめてつくりたるからだは神の積み木であるか

気持ちいいことがかたちになるのなら死者に持たせる折り紙の舟

冷蔵庫の上のビーカー　だってこう、ほほにあてると気持ちいいもの

ありがとうやさしい気持ちにしてくれて　たて続け割る三枚の皿

うつぶせのきみの耳にも蟬茸の蟬を食らいて育ちゆく音

「ねえ月がまるで誰かの目のようね　こうしてるのも見られちゃうかな」

「あたしの胸はあなたの夏の校庭ね　ちゃんと掃除はして帰ってね」

ドアチェーンはずすまでぼくらは驢馬ではずしたら7センチの孤独

歩きつつ口をきかないぼくたちは夏の鉄腕アトムとウラン

噴火湾歩き続けてきたのよね　あなたの求める悪魔はここよ

疾風のごとくに秋が訪れるひかり冷たき大和の川面

柿の木が柿の木を呼ぶ夕暮れに紅茶の色の遠い教会

人間はこころが痛がりだから　「静御前」はこの朝も静か

＊「静御前」は洗濯機の名称

大洪水　流されてゆく建物に愛は、葡萄の葉は、いちじくは

秋の日のこの海色の馬の眼は一星系を容れたるごとし

あきざくら　この世の果てで恋人がある日開設するラジオ局

ＦＭは、かの海峡で　ＡＭは、木星あたりで　揺れつつ聞かむ

木星はたぶんあなたが病院で頭をなでた猫だったのだ

一度だけ書き込めるそのＣＤのなかにも葦はそよいでいるか

ゴルフゲームの次のホールに吹く風がめくる太宰の新潮文庫

こういうときはどちらから脱ぐんだろうね　サボテンに近いほうからじゃない？

「午後」と「紅茶」のようにきわどく一ヵ所で繋がっているきわどく深く

局地的幸福に包まれながら「紅茶とＣＯ２」を語ろう

フランスの列車はとっても速いって聞いたのよ、悲しい薬屋で

朝日をうけて輝くすすき　すすきとはこの酸化する地表の睫毛

僕は君に会うためにに生まれてきたのかも　加茂川にきらり落ち鮎

金星のかおり遥かに神無月誰か手拭いを絞り賜うや

乾葡萄・東京国際映画祭・ドリーという名の羊・冬雲

歌はいいねえ、歌でないものたちもまたいいねえ、冬枯れの並木道

冬の日のゲームボーイのケーブルよ　「人生は長く静かな河」

もしもこのコンピューターが薔薇ならば私の背中を見て泣くはずだ

Ⅳ

生まれる前にあなたと、生まれてからは私と

1　秋から冬へ

滑稽と挨拶とうすぐもりぞら　そっとあなたの傷に触れつつ

そうさなんでも私が悪いに決まってる　タカアシガニが歩く海底

ほら誰もおまえの夢の生き死ににかかわりたくはないかに消える

愛はない　それなら何がいま僕の携帯電話を鳴らしているの

そっとしてぼっとして運命の火のレコード針をこころに落とす

ばかね子供が金魚すくいが下手なのは当たり前でしょ　ショスタコビッチ

帰ればいいよ帰って眠るそれだけが鯨になるのを防ぐ方法

あなたや私はともかくとして神様のキャッシュカードは誰が盗むの

ひむかしの異能のきみはコンビニでついに友のたましいを買うか

さるとりいばら　ぼくのこころで買えるだけ買ってのぼろう冬の屋上

世界とは黄色い夢のうすあかり　抱きしめてやれハリネズミでも

誰にもまかせられないのならまかせるな　この海の数億のウミホタル

ふゆざくら　階段をおりればそこに世界はなくてホットミルクが

小熊座は朝だから見えないけれど冬のキリストなら見えるかも

街灯にクリスマス・ベル飾られてほら、出来立ての手焼き煎餅

ささやかな冬のわたしのまちがいをティッシュでそっとぬぐってくれた

くやむのはかかしけんぱに負けたこと、ではなくて、では、銀杏が散った

わらうのは二重螺旋の発見の競争に勝ったあの学者かな?

いまくものすきまに白いジェット機が見えて消えた　ぼくは笑った

「コミュニケーションはすぐ消える」そう言って冬の名古屋へかえりゆくひと

宅急便運転手の帽子はみどり　西原理恵子を買って帰ろう

ぼくにまだ最後が来ないことだけで色付いている京のやまなみ

なぜなのか　ほら　店先にこのように九官鳥の籠を出すよね

冬の朝しんとしていておたがいが触れ合っている黒い椅子たち

馬にやるうまごやしよりあかるくてぼくに見えない天の北極

キイキイとからくり人形茶を運ぶ　ぼくに明日があるということ

2　春から夏へ

春の日の友には体温計がありわれのいのちに虹のひきだし

雪崩のように木がかけおりてくるってのに「ハイデッガー」なんていってるのは誰だ

星がその力を使い果たすまで輝いているきみの足指

夕闇というなめくじにきみが塩かけたからほらはつなつがきた

おそれてもまだここまではこないから海獣たちをののしるのだね

「セシル・マクビー」そのロゴ入りのTシャツを脱がせて山椒魚をくるんだ

だめだめだめだめだめ、だめだめだめだめだめ「ルイ・ヴィトン＝村上隆」じゃ打ち取れないよ

たましいの奥の小川に泣きながら水飲みにくるミツカドコオロギ

「指揮官の悪い舞台は全滅する」と夏雲の下わたしを殴れ

さみどりの蟬の匂いがするようなタオルをきみが取り込んできた

きみだけだ　山形整備新幹線よりさわやかでうつくしいのは

ぼくらから敢然として旅立った全自動洗濯機の幸せを祈ろう

焼きそばのキャベツがあまりに固いので悄然として室町小唄

燃える水　嘘　ほら　あれは金星のゆうよどみたるまほらのひかり

フットボールの肩のプロテクターが飛び砕け散るアメリカのたましい

まだきみを、こんちくしょう！　ああ、まだきみを空飛ぶゆうれい船は撃てない

地図で見ろ　間違えば死が来るぞ　職業安定所地下食堂

ビッグ・ブリッジ　いつも黄色いタンポポは雨に陵辱され続けてた

ビッグ・ブリッジ　お互いを疑いすぎたカモノハシとカモノハシは泣いた

ビッグ・ブリッジ　十年は実は二十年、罰だったのよライトヴァースも

春の国から

あなたの国はわたしの国よりもう少しはだざむく百合根が埋まってた

あなたにはとてもいえないことだからライオンと夕焼けに話した

あなたへとのびてゆく鉄路の上でハングル文字を学んで泣いた

セマウル号　地図の上には実験のための砂鉄を降らせておいた

「おなじく」という題で詩を書き続け山村暮鳥は豆腐を割った

きみのすべてを　そういうだけでいまここにきみのすべてに火がつくのなら
明日はこの筆記用具も捨て去ってただ群青のロリコンとして

あたしから海や夏の
匂いがしたなんて書くのはもうやめて
遠いでしょう、そこからここは
痛いでしょう、そこからここは
ねえひとりではとべないくらい高くに
わたしがいるのを忘れないでね

もたれかからずに愛せたならば　怪人黒マントは夜空に

ああ「時は流れてもキスはキス」ならばきれいなきみとロアルド・ダール

あしたには風船ガムの銀色の包み紙よりさらにひとりね

ゆであげただけのかぼちゃに降る塩が春のさよりの色をしていた

くらやみで下着のきみがうなずいていたあたたかい雨の夜だった

ささやきは桜の枝をわずかずつふるわせて野の兎の耳へ

母親に苺をねだる子供かな　ぼくは陸橋を歩いてこえる

どこまでも言葉とともにゆくひととふたりで洗う兎の檻を

この国のそらのかたちが三つ編みの演劇部員の女子高生に

とてもきれいな女の人がおしっこをがまんしているような春空

リアリティがないなんて！　ああそんな！　ないなんて！　ただのエアコンなのに！

コロラドを流れる川になりたくてきみの裸にくちづけていた

次世代交通情報システムをきみは一枚のティッシュペーパーにたとえ

だってそれでもひとは死ぬから、 それはそう、 それはそうだがジャック・ラカンよ

「一体感ではなくわたしは非一体感をあなたに求めてるのよ」

はるぞらを端の方から折り返すあのてのひらが憎しみなのね

恋人をチサンホテルに眠らせてぼくは菫とともに夜行へ

はるぞらは一代切りの混血の大型肉食獣なのかもね

きみを抱くだけで終わった恋かとも　阪急ホテルの春の曙

当たり屋が闇から飛んで出るときの靴底とわが春の曙

＊

あなたよりわたしがさくらにちかいから指笛で抱きしめてください

ミはみずすましのミ

夏のこの蜜柑の花はゆうがたに宇宙飛行士のように開くも

神様のメールを受信しそこねたようにデスクにうつむくあなた

はしけやし林の奥にキツツキが「コノクニノケイザイ」を笑った

ラララララ麻宮サキと海槌麗巳ラララレレレ愛はヨーヨー

レはレモン、ミはみずすまし澄み切った六月のこの恋はひとごと

椅子が男の足嚙む短編小説よ　コウモリは飛ぶわたしの空を

このごろの長めの推理小説はうがい薬のようだな　猫よ

見なかったことにしてくれ　夏雲に袖にされたる一部始終は

やることはすべてやった・・・か鬼百合が愕然と野にあるではないか

計算でひとつきあうなんてばか、ばかか、そうかとドレッシング振る

矢車草　ねずみ花火のようだったぼくらの恋の終わりに置こう

夜の海のくらきを進む海蛇と金融関連法と木霊よ

「いの一番」についてたガラスの器でも母の機嫌はなおらなかった

いくらあなたの頼みだからって神様が見てるのにいちじくになれない

林檎の味の紅茶がいいわ束の間の繁栄を破滅に変えるから

永遠にわたしにつかまらないことで生き延びて行く歌のかたちを

居心地のいい惑星にいたからね　殺されたってさけばないのさ

地下街にあの日「ウルトラマン」で見たベムラーがいた　いなくなった

現代短歌辞典は机上に　挨拶の出来ない猫はテレビの前に

つながらなければそこで終わりよ終わるのよ枕カバーのチェーンステッチ

ゴスペルが海豚のように街並みの迷宮を抜け届くひるすぎ

凱旋門　あとどのくらいぼくたちは弱さや強さでことを決めるの

ゆくりなく夏の桜の葉の陰で少女にハンカチーフを借りる

うすべにの桜の蘂がみちはたに振っていたころあなたを抱いた

この「日本人民共和国憲法：草案」をまだ頒布しますか

敦盛草の鈍き朱色を六月の雨はうてどもうてども静か

おお今日も絶望的に忙しいきみに大気のある金星を

仕事からまたも仕事のその日々にたまには流星雨を降らそうか

「マトリックス」は見た？　「アメリカン・ビューティー」は？　東京に千の銀幕はある

雹の降るはつなつはもう済んだから手を揉んで鳩をとばす手品を

ログファイルテキストファイル捨てられずシャワーの下で手を組む真夏

のきばにゆれる金銀砂子　笹の葉で流しそこねるこころもあらむ

ホセ・メンドーサ対矢吹丈　通勤の車窓に見えるボクシング・ジム

「む」のつく言葉にすぐに「昔」と出してくるお前はアイワのラジカセなのか！

乱反射してるのはひかりじゃなくて蜻蛉の羽根のようなまごころ

ひなげしにどれだけいじめられたかを全部残さず告げ終えるまで

論じても論じても足りないときは彼女が流した雪で冷やそう

白熊の水に飛び込むたのしさをたのしむために立ち上がるのだ

川の光はあなたのために

包丁で彼氏を刺したあなたから林檎の花がこぼれてました

一瞬の「方向を持った力」にてはじめて人を刺したのでした

あしらわれることのかなしさ六月のみずをぱしゃりと黒出目金が

地下水がこの下を通っていますカマキリがじっと待つ野原です

夏の陽がむらさきいろにけむるのでパンに醤油を付け食べました

魂はある日「きつねの嫁入り」におびえて綿の下着を汚す

泣いてもだめ　死ねばなおだめ　続けなさい　生き残り「だるまさんが転んだ」

メディアからまた私から山鳩よみればまわりに雪は降らない

身をもたげ世界最後のガス燈をともしにゆかねばならぬ　ひとりで

大きな問題・小さな問題

もう一度生きたあなたと私とをたとえば「談話室・滝沢」で

夜の蟬に邪魔される前　諄々とアラビア数字で恋を語った

その愛は眼鏡をかけかえれば見える　その音は時を止めれば聴ける

芙蓉咲きそのうしろにも芙蓉咲き空に真夏の沈黙が咲き

携帯をながめて歩く少女いて裁判員裁判が遠くで

踏切に寸断されるひとの列　今日もまた水族館でアシカは
おおここはフラー・ドームにあらざれば夏焼け焦げのオオカマキリよ
拿捕された無国籍船船室の錆びた舵輪と僕の孤独と

一歩一歩が死に近づいているのなら夕顔はよりそってくれるか

夏日

夏の日の言葉は遠くぼくよりも先に死ぬのかヒメギフチョウは

もしもあなたのロンドン橋が落ちたならあの楡の木を伐りにいこうか

ひむかしのすかいらーくで泣いている秋のはじめのきみに会いたい

あとがき

歌集『白い箱』をおくる。

という書き出しは、安井浩司の句集『中止観』のあとがきをまねてみたものだ。

本書は、１９９０年刊行の第一歌集以降のほぼ30年分の短歌作品から、一冊の歌集として編まれたものである。紙媒体で発表されたものもあれば、インターネット上でのテキストファイルが初出のものもある。時間的な流れやまとまりはそれほど意識していない。作品の編集、全体の構成では現代短歌社の真野さんにお世話になった。

短歌の世界では「韻律」や「定型」といった単語や概念が使用され、共有される。

とはいえ、私が短歌を書きはじめて、一度そこから離れるまでの時代、１９８０年前後から１９９０年あたりまで漠然と感じていたそれらの「定義」のようなものは、何か別のものになった、という感覚が私にはある。その、私が感じる変化がいいか悪いか、正しいか間違いかはともかく、ずっと続いていくと思っていたものが、実はとても短期間においてのみ存在したという実感は、多少の苦さと、茫漠とした乾いた地上に自分がいるような感触を伴う。

それでもまだ「短歌」から自分が離れずにいるのは、結局「言葉で書けないものを言葉で書く」というところに、ひたすら執着しているからだと思う。

何かわからないものがそこにある、という、その感覚。または直観。

自分にとって短歌で一番大事なものは、つまるところはそれなのである。

実際の私の生活は、妻の入交佐妃の存在とその愛情にささえられている。そのことにはどれだけ感謝してもたりないくらいだし、この歌集の中のいくつもの歌が、佐妃との波のような、月の満ち欠けのような、日々のくらしの中から生まれ、出ている。

それはこれからも変わらない。

「何かわからないものがそこにある」ということも、「かけがえのない愛するひとともにくらしていく」ということも、私の中ではひとつのことである。

本書刊行には先に名前をしるした現代短歌社の真野少さんに大変尽力をしていただいた。

また短歌作品の取捨には妻の佐妃から貴重な助言をもらったことは言うまでもない。

風のような、音楽のような、草から落ちる透明な水のしずくのような、そういうものをこの歌集のページからもしも感じてもらえたならば、著者としてさいわいである。

著者略歴

1962年大阪生まれ。

1990年『四月の魚』刊行。

現在京都在住。

歌集　白い箱

著者　正岡豊

発行日　二〇二三年十二月十三日

発行人　真野少

発行所　現代短歌社

〒六〇四-八二一二

京都市中京区六角町三五七-四　三本木書院内

電話　〇七五-二五六-八八七二

印刷　亜細亜印刷

製本　渋谷文泉閣

定価　二七〇〇円+税

ISBN978-4-86534-435-6

gift10 叢書 第54篇

この本の売上の10%は
全国コミュニティ財団教会を通じ、
明日のよりよい社会のために
役立てられます